KB211842

내일이 와준대면 그건 축복이지!

이철수 작은 판화

문학동네

차
례

1부

맑은 마음에 비친 삶

'검은 머리 파뿌리 되도록' 잘 사는 게 쉬운 일이 아니지요?
감정을 다루는 기술이 필요합니다.
옮겨 담을 것이 달콤한 꿀이라도 흘러넘치면 버리게 됩니다.
정성껏, 마음을 다해서!
오래오래, 변함없이!
검은 머리 파뿌리 되도록,
공을 들여야 합니다.

함께
사는건
이렇게
흘리면
받고

받아
고이게
하는
두
그릇

철수

사람이나 동물이나 모두 각별한 존재로 존중받아야 합니다.
생명에는 크고 작고 높고 낮은 구별이 없습니다.
'천상천하유아독존'의 '독존'이 그런 의미입니다.
'혼자 잘났다'로 읽으면 잘못 읽는 거지요.
식물인들 다를까요?
교목, 관목, 침엽, 활엽…… 크고 작고 높고 낮은
온갖 생명이 있어서 큰 세계를 이룹니다.
존재하는 모든 것들이 밀접하게 관계하면서
이 큰 생태계가 작동하는 것이기도 합니다.
연기緣起와 인연因緣…… 세상에 무관한 것은 없습니다.
서로 해치고 미워하고 먹고 먹히는 것조차
큰 관계의 일부인걸요.
모두가 서로에게 필요합니다.
그래서도 모두 서로 존중해야 합니다.

넌
높은데서
굽어살피며
살고,
난 낮은데서
찬찬히 살피며
살지 뭐.
이철수2005

장마에 땅이 물러지면 멀쩡하게 서 있던 작물이
조용히 쓰러집니다.
옥수수도 쓰러지고, 수수도 쓰러지고, 깨도 쓰러집니다.
발밑이 무너지는데야 서 있을 도리가 없겠지요?
쓰러지고 자빠지는 초록이 놀라운 것은,
언젠가는 고개를 들고 다시 일어서기 때문입니다.
어김없습니다. 살아 있는 한 일어납니다.
제힘으로 일어납니다.
자빠진 자리에서 하늘을 향해 일어서는 초록 생명들,
포기를 모르는 그 힘을 생명이라고 부르는지도 모릅니다.
산에 들에 초록의 생명력이 가득합니다.

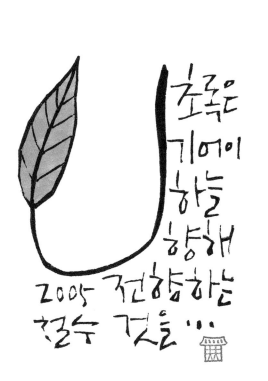

초록은
기어이
하늘
향해

2005 전향하는
청수 것들···

빗물을 머금어 잎이 무성해진 한여름 부추가
난초 포기 못지않게 자태가 곱습니다.
부추는 부침개를 부쳐도 좋고, 김치를 담가도 좋습니다.
부추 썰어넣어 부추 향이 좋은 조갯국과 계란국도
모두 맛있지요?
꽃대가 올라오면 하얗게 피는 꽃도 좋습니다.
이렇게 미덕이 많은 부추를 칭송하는 소리가 없는 것만
유감입니다.
혹시 난초탕이 있나요?
난초전을 드셔보셨는지요?
묻는 말이 실없지요?
고고 탈속한 사군자의 일원인 난초보다 실용적인 미덕이 많은
부추를 응원하고 싶었습니다.
이런다고 '사군자'가 '오군자' 될 일이야 없지만……
죄 없는 난초에게 조금 미안하기도 하고……

부추꽃이
싱그럽다.
부추가 난초를
부러워 하지
않음은
부추향은
그릇에 담아
먹을수
있기
때문 일거라
배부르도록.

사람은 발 달린 짐승입니다.
장애물이 있으면 돌아가고 비켜 가고
기다렸다도 갈 수 있습니다.
마음도 갖춘 짐승이라,
짐짓 눌러두고 버리고 비우고 지켜보고 할 수 있지요.
기억하고 단념하고 이해하고 용서할 수도 있습니다.
물이 그러듯, 흐르고 움직여서
스스로를 살아 있게 할 수 있습니다.
당면한 어려움에 힘이 들 때도,
마음조차 발목 잡히면 안 됩니다.
마음이 힘이 되어야 합니다.
지면 안 됩니다.
마음도 고이면 썩습니다.
적어도 그건 피할 수 있어야지요?

물가 버드나무 한그루
당신을   막아선것
            아니듯,

            당신길
            누구도
            당신
2005   인생을
철수

가로 막고있지 않아!

이런 그림에 덧붙일 말이 무어겠습니까?
사는 게 상 받은 것처럼 늘 좋은데, 날마다 좋은 날인데……
무얼 더 얻겠다고 구차한 짓을 하겠느냐는 말씀입니다.
배부르면 진수성찬이 별것 아니기도 합니다.

날씨가
쾌청한데
우산

이쁘다고
들고 다니실 철수
일 있나요! 삶이란게
그런 것이지. 인생이
온통 포상인걸!

북두칠성과 북극성 아래서 살다가 죽으면
칠성판에 얹혀 떠납니다.
『육조단경』의 말씀처럼, 행실이 정직한데
선禪수행을 어디다 쓰겠습니까?
세상을 착하게 살 수 있으면 마음공부가 다 무슨 소용일까요?
사랑하고 나누면서 겸손하고 착하고 다정하게……

●하늘에
별자리가
알려주는 말

- 사랑하고
나누면서
지혜롭게살아가는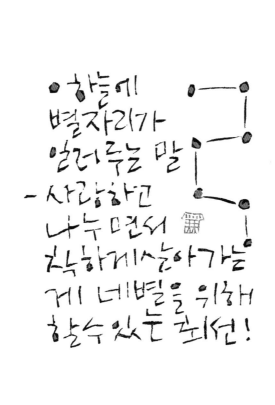
게 네별을 위해
할수 있는 최선!

노목의 둥치가 겉보기에 대단해도,
생명의 정화精華인 꽃이 없으면 죽은 등걸입니다.
그저 나뭇덩이인 거지요.
겨울 끝에 만나는 작고 아름다운 매화의 진한 향이
사람의 마음을 당깁니다.
'매화는 일생이 추워도 향기를 팔지 않는다'는 말이 있습니다.
꽃 없는 매화나무는 겨울 추위를 이기고 나서 맞는 봄을
노래할 수 없습니다.
오묘한 기운이 거들어서,
뿌리 깊어지고 잎이 돋고 꽃이 핍니다.
거름 좀 주고 물 뿌려주면 다 되는 줄 아는 사람도 있지만……

매화
둥걸이야
용틀임하듯
커튼다지만
꽃이야, 어디
사람이 피우나요?

춘

일상성!

무덤덤한 삶은 심심하다고 재미없다고 하는 사람들이 많습니다.

온통 말초적 감각을 자극하는, 재미만 아는 세상이 되었습니다.

물질과 정신을 두루 낭비하고 탕진하는 삶을 사회가 부추깁니다.

시장이라는 게 그렇지요?

이럴 줄 알았습니다.

이 단순한 일상을, 존재의 깊은 의미로 채울 수 있으면 좋겠지요?

일상의 평범을 존재의 의미로 충만하게 하고

삶을 긍정하게 하는 비결은 마음에 있습니다.

어떻게?

답은 모르지요! 찾아야지요!

목마른 놈이 샘 판다고 했습니다.

자기를 속이지 말고 겸손하게! 그런 목소리가 들립니다.

어제가 오늘같고 .
오늘이 어제같은 .
이 무덤 덤함 .
이 야 말로 .

인생이
아닌가? 사람이
되었으니 사람으로
사는것! 그게 인생.

요즘 농촌에는 조문할 일이 많습니다.

날이 갈수록 부고가 잦아집니다.

농촌의 초고령화를 실감합니다.

한때는, 대문에 조등을 내걸고 집에서 상을 치렀습니다.

이제 병원에서 임종하고 장례식장에서 상을 치릅니다.

조문객을 접대하는 음식도 천편일률입니다.

예전에는 시골집 마당에 차일을 치고,

가마솥을 걸어 육개장을 끓였습니다.

아낙네들이 모여 솥뚜껑에다 생배추전을 부쳤습니다.

술을 마시고 화투를 치고, 술에 취한 사람이

혀 꼬부라진 소리 하고 다닙니다.

그러다 싸움이 벌어지기도 하지만 그래도 괜찮았습니다.

이제 그 풍경이 모두 사라지고 말았습니다.

어쨌든 우리 너무 오래 삽니다.

사망도, 노후 못지않게 준비가 필요해졌습니다.

곧 닥칠 우리의 미래입니다.

다
식
고
나
면
조
등

2005
정
수

謹
弔

하나 걸리지!
가난한 마을에
오늘도 하나.

무슨 '십자군전쟁'도 아니고……

종교적 배타성과 집착이 지나쳐서 사람 사이를 불편하게 합니다.

그런 경우를 자주 보시지요?

객관적으로 보면 남에 대한 예의가 없는 것이고,

진지하게는 타인의 신념과 자유를 침해하는 일입니다.

정신적으로 미숙하고 박약하다는 뜻이지요.

내면에 집중하면서 겸손하게 깊어져야 할 신앙을

길바닥으로 끌어내고 거리에서 증명하려는 태도에 실망합니다.

고등종교라는 표현이 무색합니다.

신앙도 조심해서 다루어야 할 가치지요?

당신들의 성전 장수

일하는 삶이 얼마나 좋은지!

'일한다. 고로 존재한다!'라는 말씀이

'생각한다. 고로 존재한다!'라는 말보다 더 깊어 보이지 않나요?

웃자고 하는 말입니다.

'생각'도 땀흘리는가? 생각해봅니다.

'생각'도 지치는 것 보면 땀과 무관하지는 않습니다.

길게 생각할 것 없고!

몸으로 일하면 '존재'를 실감할 기회가 많아집니다.

깨달음이 멀지 않지요!

이것도 웃자고 하는 말입니다.

몸을 모르면서 마음을 알 수 있다고요?

그건 명백한 거짓말이겠는데요?

일하지 않고도
인생인가? 놀고
먹는 인생이
부럽지
않은
건,

일보다 향기로운
인생의 방법을
알지 못하기때문!

뒷산 무덤처럼 산다 하고 지낸 지 좀 되었습니다.

오고가는 손님을 막지는 못하지만,

굳이 오라 가라 하는 일 없이 살고 싶었습니다.

무엇보다 사람들 속에서 시끄럽게 견디는 일이 힘들었습니다.

말로 어수선한 관계도, 마음에 이는 소란도

감당하기 힘들었습니다.

그렇게 바깥 조건에 휘둘리는 제 마음을 확인하는 것도

한심한 일이지요.

두말할 것 없이 사람이 어리석어서입니다.

부끄럽기 짝이 없습니다.

어느 자연이 그러겠어요?

어느 무덤이 찾아오는 사람을 가리겠어요?

뒷산 무덤이 웃습니다.

뒷산 무덤은
여럿이어도 조용!

자본과 시장이, 사람 사는 세상을 파편화합니다.
'함께'가 잊혀진 자리에 무력하고 외로운 개인이 남습니다.
이미 진행된 파편화와 고립이 외로운 사람을 쏟아냅니다.
외로움을 견디는 일은 누구에게나 힘듭니다.
외로움에 익숙해지자고 말하려는 것은 아닙니다.
당연히, 세상과 더불어 살아가야 합니다.
사람은 함께 살기로 되어 있는 존재입니다.
마음에 드나드는 여러 감정과 생각을
가만히 살피는 공부가 필요한 건,
시장이 강요하는 분열된 나와, 내 안에 본래 있던 나를
구별하기 위해서 아닐까요?

인생에, 제일 큰 동무는
아무래도 외로움이지.

쓸쓸함
이래도
좋고.
오
래
될
수
록 철수

더
깊이
다정
해
지는
외로움.

대문 앞 화단에는 묵은 모란이 열 그루쯤 됩니다.
모란은 키가 클수록 대접을 받는다고 하네요.
모란이 봄꽃인 것은 아시지요?
모란에 향이 없다는 터무니없는 전설은 믿지 마세요.
해마다 모란 향 그윽한 봄날,
꽃보다 향이 더 아름다운 것을 압니다.
길 가던 사람 누구나 그 향을 얻어 갑니다.
꽃 지고 나면 향기를 나누는 일도 끝나고,
모란은 씨를 맺습니다.
해마다 모란 잎 더욱 풍성해지고……
풍성해진 만큼 키도 큽니다.

모란
꽃
지고
나면
이렇게
늙어요!
고 왔던
자태
찾을 길

없지요?
험한
인생도
아니었는
데……
대문 앞에
웅고 섰는
모란에게
한번 웃어
쳐수 주서요.

대문 앞에 여러 해 묵은 모란이 자라고,
마당에는 작약이 여럿 있습니다.
모란은 지나는 사람들을 위한 꽃이기도 합니다.
봄날 꽃이 피면 아름답지만 꽃이 지면 초록 잎만 무성해서
사람의 눈길을 끌지 못합니다.
그렇게 가을을 맞게 될 모란은
세상 다 산 듯 시름 깊은 중년의 모습 같기도 합니다.
지나가고 흘러가는 시간이야 어찌하겠습니까?
나이들어가는 몸을 따라 마음도 원숙해져야
사는 데 힘이 덜 듭니다.
꽃 가고 씨를 얻었으니 다 잘되었습니다.
무엇이 더 필요할까요?
몸이 늙으면 마음도 익어가야 할 따름!

작약 한송이 피어
참 곱네!
아시지?
아름
다움
그거
잠깐
인줄!
서글퍼 해?
꽃계절은 지났어요!
우린, 가을쯤 아닌가?

천수

시골에서는 매미 허물과 뱀 허물을 제일 자주 봅니다.
매미 허물은 장마철 삼복 무렵 나무줄기에 많이 붙어 있습니다.
선퇴라고, 마비에 효험 있는 한약재이기도 하지요.
매미는 흙속에서 오래 살다가 흙 밖으로 나와,
굳어진 애벌레의 껍질을 벗고 나면 부드러운 새 몸을 얻습니다.
우리가 보는 매미 성체가 되는 거지요.
애벌레가 허물을 벗는 동안
매미는 천적의 공격에 무방비 상태가 됩니다.
그 위기를 거쳐야 날개를 얻어 허공을 날 수 있게 되는 겁니다.
미물도 허물을 벗고 나서 비로소 하늘을 얻습니다.
버릴 것을 다 버리고 떠나지요.
부끄러움을 모르는 사람은, 허물을 쓰고도 잘 삽니다.
벗어버려야 할 껍데기에 갇혀 사는 사람들입니다.
껍데기를 아까워하는 사람들입니다.
어리석은 사람입니다.

매미가 허물을 벗
고 갔다. 저를 벗
고
저를 ~~~ 영수 🏯
얼었으니 가상하
다. 저를 버리고
저를 얻었으니!

배가 땅에 끌릴 듯 짧은 다리로 종종걸음 치며 사는 개가
있습니다.
다른 한편에는 경주견이 되어 긴 다리로 성큼성큼 달리는
개도 있지요.
그 짐승들의 세계에 어떤 차별이 존재하는지는 알지 못합니다.
그 세계에도 힘의 위계가 있을 테지요.
약육강식인가요?
개들이 나누는 대화를 상상해보았습니다.
개를 고기로 여기는 사람들이 길고 짧은 다리를 가리겠습니까?
사람을 물건으로 여기는 자들이 생명의 존엄을 생각하겠습니까?
그저, 그렇다는 말씀.

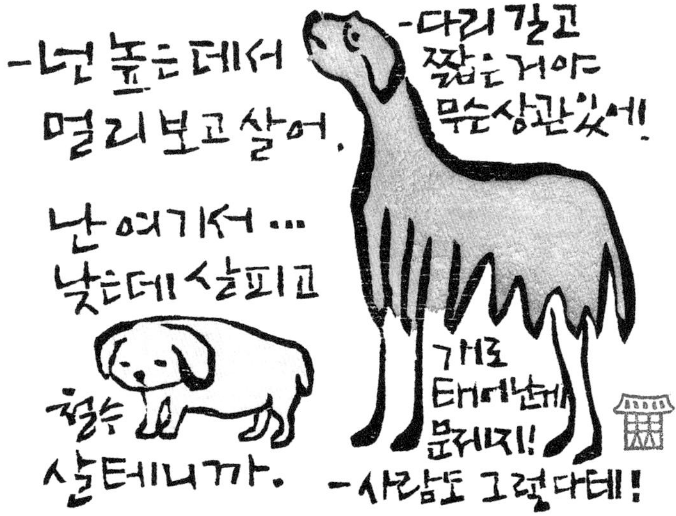

광신적인 종교 집단들이 있습니다.

눈살을 찌푸리게 하지요?

그 가운데 발군의 위력을 보이는

'돈교'라는 신흥종교가 있습니다.

꼭 신흥이라고 할 것은 아닙니다만, 지금 그 기세가 대단합니다.

세상 어느 종교가 '돈 신앙'을 이길 수 있을까 싶을 지경입니다.

모든 세계인이, 모든 종교의 신자들과 무신론자들까지,

실제로는 '돈교'의 신자가 되어버린 듯합니다.

신앙 간증도 넘쳐납니다.

모든 종교의 성직자들도 '돈의 진리'에 한눈팔고 있습니다.

예외가 없지야 않겠지만, 드뭅니다.

'돈교'에 배교자가 있다는 소문도 아직 못 들었습니다.

돈 믿고 세상 사는것
아닌가?
독실 하게 $
믿어야
은혜도
받고
축복도
받을
거야

돈 교는
성지가
어디
시더라.
성지
순례
가볼까
하고!

소수자라고 부르지요?

장애가 있거나 약점이 있는 사람은

세상 사는 데 어려움이 많았습니다.

'난장이'는 은유입니다.

그 존재가 거느린 그림자가 '무한'을 그리고 있습니다.

'난장이들'의 고통이 그치지 않는다는 뜻이었습니다.

약자들이 겪는 그 고통을 그치게 하는 것은

우리 사회가 할 일입니다.

선한 인간성이 응원해야 할 일이기도 하고……

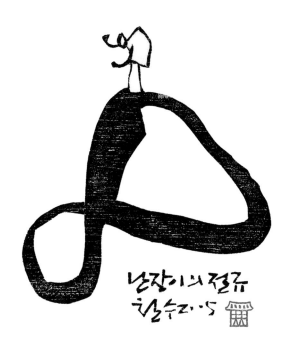

난장이의 정규

함수라 5

하늘에 별이 있고, 땅에는 꽃이 있다고 생각했습니다.
하늘의 별빛에 조응하는 지상의 빛이라면
사람이 발하는 빛이어야겠지만,
반딧불이처럼 마음 따뜻해지는 사람의 불빛을 찾기 어렵습니다.
자동차 전조등 불빛처럼 날카롭습니다.
전기가 흔해진 탓입니다.
에너지 낭비가 심한 탓입니다.
욕망이 쉬지 않기 때문입니다.
밤을 대낮처럼 밝히고 질주하며 사는 미친 문명에
눈이 아픕니다.
어둠 속에서 겸손하게 빛나던
외딴집 창문의 희미한 불빛을 기억합니다.
거기 그 시절로 돌아가자고 할 수도 없고……

사람이 살고있다고
저멀리 불빛이···

가슴도 지쳐지고
아픈 인생도 지쳐진
어둠일새에,
넌 슬픈 눈물처럼
2005 찬수

시작은 늘 '물음표'일 수밖에 없습니다.

문득 오게 된 이승입니다.

누가 존재의 이유와 의미를 일러주지 않습니다.

그러니 살면서 스스로 나를 궁금해하는 것 당연합니다.

무엇보다 존재의 이유가 궁금하지요.

아무리 해도 쉬어지지 않는 마음 작용이 제일 힘이 듭니다.

스스로를 감당하기가 힘들어서 좌복 위에 앉게 되는 거지요?

인생이 힘겨워서 참선을 선택한 사람들에게,

존재는 온통 물음표!

삶도 물음표!

거기가 시작입니다.

좌복위에 앉으면 때로 물음표·!

노숙자의 소회를 상상해보았습니다.

가진 게 없으면 다 잃어버린 건가요?

작은 집이 없으니, 하늘을 지붕 삼는 큰 집에 살게 된 것입니다.

길에서 사는 거지요.

얼마나 춥고 배고프고 쓸쓸한 거처인지요?

그래서 또다른 '큰집'을 선택해

교도소로 가는 사람들도 있습니다.

짐작할 수 있습니다.

우리 사회의 비정함을 모르지 않기 때문입니다.

자본주의 시장뿐 아닙니다.

돈을 중심에 둔 사회는 어디나 다르지 않습니다.

길에 나앉지 않으려고…… 우리 모두 발버둥칩니다.

거듭 빼끄나니, 허
하늘을 지붕삼고
땅을
마
당
으로
삼게 되더라네.
공원 벤치를 안방
삼아 누워보니,
집이라고 써늘해!

일에 쫓기면서 사는 심신을,

좌선하면서 쉬게 하고 싶다는 사람들 많습니다.

단기출가, 템플 스테이, 시민선방……

사찰 문을 열어 시민 서비스를 하는 사찰도 많아졌습니다.

마음 수행을 하다 크게 얻으면 얼마나 좋을까요?

느낌표!

물음표로 시작해서, 느낌표로 마무리하게 되면 좋지요.

느낌표라고 별것 있을까만……

좌복위에 앉으면
때로
느낌표 —!

천수

'희망제작소'였던가요,

'기부천사'를 모시는 행사가 있다고 해서 이 그림을 보냈습니다.

천사도, 우리 사는 지금 여기서 보게 되면 더 좋지요.

'나눔'이 천사가 하는 일 아닐까요?

나누는 방법이야 '선물처럼'이 되겠지요.

천사도 하늘에서 지내면 심심하지 않을까요?

여기 와서 날개 접고, 일도 하고 땀도 흘려보자고 했습니다.

천사가 빈둥거리고 살았을 리 없습니다.

손이 섬섬옥수일 리도 없겠지요?

하늘에서
나팔부는
천사?

철수

내려와
같이살지뭐.
다담도 울리고
노래도 듣하고

햇볕이 고맙고, 햇빛이 고맙고……
지구온난화가 해의 은혜를 저버린 일인 듯 부끄럽습니다.
그래서 짐짓 이렇게 이야기해보았습니다.
상처 많은 지구와 해와 달이, 죄 많은 인류에게
유감이라고 할 리 없습니다.
책임을 지라고 할 리도 없지요.
우리는 또 누구를 탓하겠습니까?
온난화, 이상기후, 사막화, 해수면상승, 생태교란,
동식물 멸종……
사람이 한 짓이 이런 후과를 낳고 있습니다.
인간의 욕망이, 인간의 미래를 짐작하게 합니다.
사람도 멸종하게 될지 모르지요.
자멸입니다.
큰 자연은 무위자연 할 따름!

그냥 떠오르더라고,
뭐 신경쓸거 있냐?
뜨게 뒤!
종일 밝데?
그게 또
제법 따뜻해요!
손해 볼것 없으니,
그냥두자고! 때되면
알아서 지는데 뭘그래.

동강댐 건설에 반대하는 '동강 살리기 운동'을 하면서,
유명 탐험가를 앞장세워서 동강 탐사를 다녔습니다.
짧은 여행이라도, 함께 먹고 자고 하다보면
서로를 좀더 알게 됩니다.
사하라 횡단 같은 큰 탐험은 평범한 사람들에게는
경이로운 체험입니다.
고통스러운 사막 횡단중에 통절한 인생훈을 얻었다니
그도 그럴 법합니다.
어쩌면 당연하지요.
비아냥이 아니고, 반어적인 경탄을 새겼습니다.
—인생, 나 혼자!

탐험가 왈,사하라
사막을 걷다 하니
인생이 나홀자로구나
싶더란다.
야!
인생이
언제! 한번
안그런적
있었어? 철수
이자, 순진하네?

군더더기 없이 언행이 간명하신 연세 많은 할머니 한 분 계십니다.
어버이날이라 어떤 선물을 드리면 좋을까 고민하는 자식에게
한말씀 하셨습니다.
—어떤 놈들이 어버이날은 만들어가지고
　자식들한테 쓸데없는 걱정을 하게 하나?
　나는 매일매일이 어버이날이다.
　매일 좋은 것 입고 맛있는 것 먹고 이렇게 잘 산다.
　자식들 하나같이 잘하고 더 바랄 게 뭐꼬?
　나는 더 필요한 거 없다.
　이 나이에 옷이 더 필요하겠나? 신발을 더 사 신겠나?
　너희들이나 잘하고 살아라!

젊으나 늙으나 매일매일이 좋은 날이어야 하는 거지요?
등에 지고 손에 든 것 없이 빈손으로 가볍게 걷는 밤길.
가벼워서 더 좋습니다.

하루하루 살아가는게
삼갑지 않으세요?
매일
매일.
참
좋던데
...
괜
찮아도. 전 집없이
걷는 밤길이 좋던데요!

친수 🏯

해가 뜨고 지고, 달이 뜨고 지고, 달이 차고 기웁니다.
그렇게 반복해도 해가 어디 가고 달이 어디 가는 것 아닙니다.
사람은 해와 달이 있는 무대에 왔다가 가지요.
사람이 나고 죽는 것은 그렇게,
흐르는 '시간과 공간'에서 잠시 벌어지는 일입니다.
긴 이야기는 못하겠고, 기왕이면 선한 역할을 하다 꿈 깨고
무대를 내려갈 수 있게 되기를……

해와달 사이에서
달이차고기우는
사이에서, 해뜨고
저무는 사이에서
하루 또 하루. 행복
하게 숨쉬는 그게,
생명 철 인생이지!
으로! 수

감정노동!

헛웃음, 쓴웃음, 비웃음, 코웃음……

억지웃음을 지어야 살아지는 삶도 많지요?

아이고! 힘든 세상입니다.

힘들게 세상 사는 사람들 만나거든 당신이 먼저 웃어주세요.

바탕으로 웃어야
웃는거지요 !

2부

사물에 깃든 생각

사방탁자처럼 공간을 잘 이해하는 가구가 또 있을까요?
사방이 열려 있는 선반입니다.
사방의 시선을 다 받아들인다는 뜻입니다.
저 스스로는 지극히 간결합니다.
구조의 간결함에서 엄정한 기운이 보이기도 합니다.
아무거나 올리기 조심스러워집니다.
사람에 견주어도, 만만하고 임의로운 사람은 아닙니다.
열려 있지만 선뜻 들어서기는 조심스러운 집 같기도 하고……

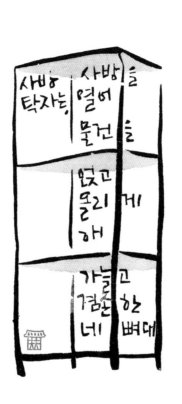

사방 탁자는 사방을 열어 물건을 얹고 올리게 가늘고 검은 네 뼈대

솔직하다는 말은 정직하다는 말과는 결이 조금 다르지요?
내 마음을 스스로도 다 이해하기 어렵습니다.
살다보면 말이 흔쾌해지지 않고,
생각도 명쾌해지지 않을 때가 있습니다.
『금강경』에서는 머무는 데 없이 마음을 내라고 하셨는데……
투명한 유리병처럼, 제 색깔 없어 감출 것도 없이
살아야 하는데……

투명한 유리병속
색색 사탕이
곱다
저는 제속을 다
보여주고 나섰는데
...

2005
청수

이제는 저승에 계시는 스님께서 생전에 국수 그릇 하라며
들고 오신 사발을 오래 쓰고 있습니다.
곁에 있으면 좋은 사람 있듯,
그릇도 유독 오래 두고 쓰게 되는 것이 있기 마련입니다.
손때 묻고 익숙해지면 좋지요?
인상이 좋은 그릇이 있고, 쓰기 편한 그릇이 있고,
만만한 그릇이 있습니다.
길동무처럼, 오래 함께하다보면 가끔 서로 말을 건네게도 됩니다.
그것도 당연한 일 아닌가요?
혼잣말도 하는데요!

빈주발도 제곡조있어
말하고 노래하지.
노래해요! 말씀하시고

어느 날, 바람 거칠게 불고 나서
풍경추가 날아가버린 것을 발견했습니다.
바람은 가고 풍경에 소리가 사라진 상처만 남았습니다.
존재가 있으니 바람을 탑니다.
그래서 삶은 언제나 조금 구차하고 힘겹고……
사는 동안 몸은 고달프고 마음은 어지럽습니다.
'존재'를 떠나면 그대로 '무'가 되겠지요?
마음을 어지럽히던 모든 것이
몸을 누르던 무게와 함께 사라질 겁니다.
'무'에 이르기까지는……
이렇게, 흔들리고…… 나뒹굴고…… 다치고……

이게 무언지는 아시겠어요? 맞아요! 풍경에 매달려 흔들리는 물고기.

거칠던 바람 다 지나가고 쉬는 모양이네요. 거기서, 지나간 바람을 읽을 수 있으시겠어요?

철수

호롱불?

호롱불이라니!

언제 적 이야기를……

그러시겠네요?

호롱불의 심지 자리에 사람을 앉혔습니다.

불 켜니 후광이 비친 듯 존재가 환해집니다.

마음 일렁이는 것을 삶인 줄 여기고 삽니다.

존재가 있으니 그러기는 하지요.

바람이 자면 일렁이던 불빛 고요해지지요?

마음 자리 고요해지는 순간이 있으면 참 좋습니다.

호롱의
불켜면
켜면
데

그림자 얼벙바다
살아있으니 일지
죽는 얼레없. 𝌆

동아시아에는 '사농공상'이라는 신분의 위계를 담은
표현이 있습니다.
'농자천하지대본'과 함께 유교적 가치관이 잘 드러난 말입니다.
이제 보니 사·농·공·상의 순서에
간단치 않은 통찰이 담겨 있습니다.
갑질 회장님들, 사모님들, 아드님 따님들에,
사장님들, 건물주들 많이 보셨지요?
월급 주는 사람이니 그래도 되는가보다 하는 사람들과,
월급 받으니 굴욕도 달게 받아야 하는가보다 하는 사람들이
'합을 맞춘' 사회.
돈이면 못할 것이 없다고 다중이 믿게 된 사회.
알량한 잇속을 따지다 목숨도 잃는 지옥입니다.
이제 잇속밖에 모르는 사회가 되었습니다.
시장의 천박함을 절감합니다.
이래저래 슬픈 일입니다.

잇속만 생각하고 살다 보면, 사람 보이지 않고, 물건만 보인다고해. 사람도 물건으로 보인다고. 그러다, 나도 물건으로 보이면 어쩌지

여름 지나고, 서늘해서 밖에 앉아 있기 어려워지면
여름용 의자는 쓸모를 다합니다.
차곡차곡 쌓아두었다가 내년을 기약하게 되지요.
의자를 겹쳐 쌓으면서 마음 없는 의자에게
이런 인사 한마디 건네게 됩니다.
'나 네게 기댈 수 있어 고마웠어……'
하물며 사람이야 오죽할까요?
제게도 평생을 기대고 산 사람들이 많이 있습니다.
위로와 힘이 되었던 지혜로운 사람들입니다.
떠올리면 고마움이 샘솟듯 하지요.
제게 기대고 살았다고 할 사람도 어디 있을까요?

나
네게
기억속의
행복이었어

여긴은
그렇게
가고

2005 변희수

의자처럼 편하게 기대 살았다고 하면 표현이 지나치지만,
아내와 남편 사이에는 그럴 수 있습니다.
부부 사이에만 가능한 표현일지도 모릅니다.
부모에게도, 자식에게도, 형제자매 간에도 그러기 쉽지 않지요?
내게는 행운이었지만, 당신에게는 어땠는지……
함께 사는 아내에게 여태 묻지 못했습니다.

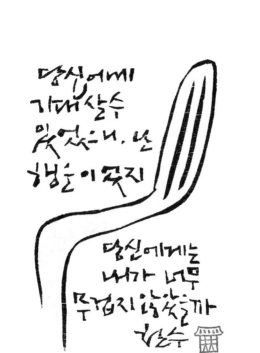

당신에게
기대살수
있었으니, 난
행복이 족지

당신에게는
내가 너무
무겁지 않았을까
한수

자기 자랑을 피하기 어렵습니다.

허장성세도 어떤 사람이 하면 귀여워 보이기도 합니다.

밉지 않게 자랑할 줄 아는 사람이 있지요.

자기 자랑, 과시…… 그러려니 하고 들어야 합니다.

자신에게 너무 엄격해져도 좋은 소리 못 듣습니다.

재미없잖아요? 매력도 없고!

상대가 받아들이기 어렵지 않게.

적당히 재미도 있게.

여하튼, 어려운 일입니다.

허장성세는, 식빵
부풀어   오르는

철슨

그
쯤으로 족하지. 마른
건빵은 딱딱하고…

집에 큰 독이 몇 개 있습니다.

사과술을 담그는 데 씁니다.

저장용 소금을 담아두는 데도 쓰지요.

헌 독을 사면 가끔 독이 새기도 합니다.

독이 잘생겨서 사왔는데 물이 새면 아쉽지만,

그럴 때는 소금 독으로 살려 씁니다.

소금은 간수가 빠져나갈 구멍이나 금이 있어야 하니

안성맞춤입니다.

노인 일자리처럼, 골동을 살려 쓸 방법이 있으니 좋지요.

잘생긴 그릇이더니,
물을 … 철수

그득
채웠더니, 샌다.
늙는 그릇이 아닌 것을
상각지 못했다

사람이 대접을 받으려면, 의젓하거나 깊거나 똑똑하거나
따뜻하거나 정직하거나 부지런하거나 믿음직하거나……
해야 합니다.
아무것도 갖춘 것이 없으면 부끄러움만 많아집니다.
세상이 원하는 '신언서판'을 못 갖추면
행세하기도 쉽지 않습니다.
이미 모자라는 사람은 어쩌면 좋지요?
그래서 드리는 말씀입니다.
못났거든 새지나 말자고!
그럴 수만 있으면, 지혜로운 셈이 아닐까요?

그릇이 의젓하면
대접도 받지!
-못난
내
몰골
을 어쩌라고?
-못났거든,
새지나 말어!

철수
2005

『몽실 언니』『강아지똥』 등을 쓰신 아동문학가
권정생 선생을 아시지요?
'이 잔에 차를 마시면 잔소리하지 않게 된다'는 글귀와 함께
권정생 선생이 찻잔을 보내주신 적이 있습니다.
유쾌한 익살이 담긴 선물이었지요.
우리 부부는 누구 탓에 그 잔을 받게 되었는지를 두고
잠시 설왕설래해야 했습니다.
그 잔을 얻고 싶어한 사람들이 많았습니다.

이 잔에 차를 마시면
잔소리 안하게 된다는
거야!
고매하신
어른의
익살맞는
농담
이셨지.
그잔을 얻고 싶어하신
사람이 참 많았어요!

철수

감정노동자 아니라도 감정을 탕진하면서 살아야 하는
시절입니다.
어디서 따뜻한 품을 만나,
마음을 기대고 깊은 안심을 누릴 수 있을까?
사람 누구나 감정의 그릇이 빤해서
한없이 마음을 길어올릴 수는 없습니다.
계속 눌러 담을 수도 없지요.
마음에도 밝음이 다하면 어둠이 깃듭니다.
말 한마디라도, 부드러운 것 만나면 행복해지지요?
내가 그 부드러움이 되려면 어떻게 해야 할까요?
사람에게서 화장지만큼의 부드러움도
찾기 어려워진 세상에서……

그렇다고, 죽을 수도 없잖냐

철수

이게
인생에 남는
마지막 위안이자
부드러움이라니까?
군말 말고 여기라도
기대고 살아봐!

가끔 드나드는 골동 가게가 있습니다.

눈도 쉬고, 마음도 쉬고 싶을 때 갑니다.

대단한 골동 애호가가 아니어서

골동 가게 주인을 보러 가는 데 가깝습니다.

그래도 가면 '물건들'을 보게 되지요.

골동 가게는 낡은 것이 대접받는 집입니다.

드문 경우입니다.

요즘은 사람이나 상품이나 나이 먹으면

수명이 다한 물건과 다르지 않습니다.

쓰레기 취급을 당하기도 십상입니다.

그래서 골동 가게에 가게 되는 걸까요?

골동가게가서, 그릇

전부

앞에 서 있어 보니
세월이 그릇을 익게
해! 낡으니, 모두
명품이더라고!

이제 담배를 손에서 놓았습니다.
다시 '금연법'을 이야기할 수 있게 되었습니다.
담배를 보고 이런 생각을 했습니다.
옛 연인을 만난 것처럼 담배와 만나는 설정입니다.
담배 이름도 '재회'네요!
미움이 진하면, 오히려 잊기 어려울 수도 있습니다.
추억은 꿈처럼 가벼워져야 합니다.

─ 와. 오랫만이네요!

여전히

맨력

적

입니다.

TOBACO
재흐

공감하여주십시요!

CHUL-Soo, LEE

보고보니 옛 기억이 다
새롭습니다! 인기도
여전하시다지요?

담배하고 싸우지 마세요.
끊고 싶으면 너그러워져야 합니다.
─너하고 다시 안 보겠어!
─꺼져! 나가! 넌 나쁜 놈이야!
그러면 해결이 될까요?
눈앞에서 치워버리면 끊어지느냐고요?
안 보면 보고 싶고, 눈 감으면 떠오르는,
그립고 안타까운 그 물건은요.
곁에 두어도 그만!
있어도 그만, 없어도 그만!
그러셔야 한다고요.

담배하고 불화하면
못끊습니다. 등돌리고,

TOBACO

외면한다고 튀어 나가?
문닫고 나가면 돼요?
부부싸움이라니까요!

이런 낯뜨거운 그림을 보고 무릎을 치는 사람이면
나이든 퇴물일까요?
옳은 말씀! 이라고들 하시지요.
돈밖에 모르고 사는 시대라, 통장잔고 이야기가 실감 있습니다.
뭐, 상관없습니다. 말귀만 알아들었으면.
뭐든 탕진은 삼가시라는 말씀이었습니다.

비아그라?
기운
없으면 철수
참으셔야지!
통장에 잔고가
없으신 모양인데,
카드 자꾸 긁으면
마이너스통장에
신용불량 뒤는것
아시 잖습니까?

내비게이션을 처음 경험하고 나서 정신이 번쩍 들었습니다.
기계가 기계가 아니더라는 거지요.
잘 가다 삼천포라고 어쩌다 실수가 없을 리 없지만,
삼천포도 가서 볼 만한 곳입니다.
살다보니, 이제 기계가 시키는 대로 차를 몰고 있습니다.

네비라고 대문 앞으I
아실거야, 데려다
길을 일러 주더라니
주들테, 까, 이제
참 놀랍네 네비
귀신이야, 말만

귀신 의떨, 에디라도 간다고!
꼭 삼천포도!
짚어서

건어물의 대표라면 당연히 마른오징어지요.
말린 쥐포가 서운하다고 할까요?
질기고 단단한 음식이 부담스러운 나이가 되었습니다.
부실해진 이와 함께 청년의 꿈도 다 지워진 셈입니다.
우리야 이렇지만, 너무 일찍 영혼이 메말라버린 젊음도
많아진 듯합니다.
미안하고 안타까운 일입니다.

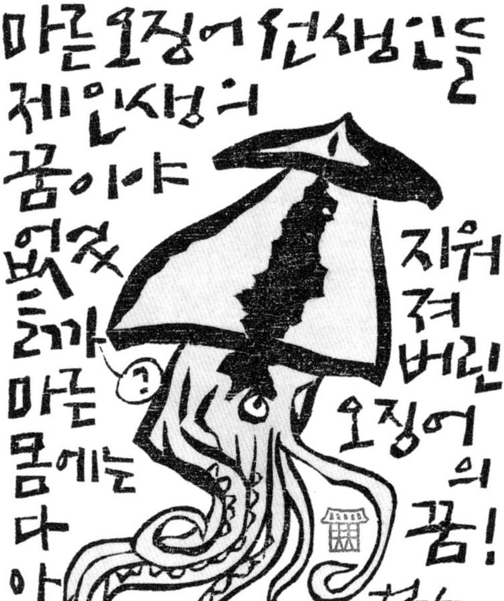
마른 오징어 선생인들
제 인생의
꿈이야
없었
을까
마른
몸에는
다
아
?
지워
져
버린
오징어
의
꿈!
철수

가을걷이한 온갖 것을 창고와 집으로 들여놓습니다.
잘 익은 호박도 의젓하게 한자리 차지합니다.
가을걷이를 시각적으로 풍성하게 하는 효과가 있습니다.
그래서 오가는 이들이 입을 대는 물건이기도 하지요.
'그놈 참 잘생겼다!'
자리 봐서 앉혀놓으면 의젓해 보이기도 합니다.
좌복에서 묵연히 앉아 버티는 수행자처럼……

방에서 겨울 한철
지낸 호박 한 놈이
미이라가
되었는지
조용한
얼굴이다.
즙이 잘 빠져 고요
해진 사람처럼.

2005

3부

일상이 곧 수행

뇌물과 선물의 차이가 뭘까요?

―아이쿠! 이게 뭐야?

―이 사람, 이거 뭐하자는 건가?

그렇게 대단한 것을 받아본 기억이 없으면,

뇌물의 경험은 없는 겁니다.

마음이라 하고 건네는 것이라도, 돌려받고 싶은 생각이 크면

모두 뇌물입니다.

그것이 뇌물인지 아닌지는, 건네는 사람의 마음속에

가장 뚜렷하게 새겨져 있을 터입니다.

부끄러움을 아는 사람들 사이라면 용납하기 어려운 일이지요.

모름지기, 못난 것들끼리의 거래입니다.

- 멀리
다녀
세요

철수

돌아서 와보니,
툇마루에 옹기종기
다녀가신 마음들!
한해 저문다고 —

누구나 내일을 사는 것은 아닙니다.
살아 있는 것 축복 맞습니다.
하루 열심히 살고 나서 단잠을 잘 수 있으면,
그것도 축복이지요?
하늘에 별 있고, 땅에 꽃 있습니다.
마음에 반짝이는 기쁨 있으면 더 바랄 게 무어겠습니까?

오늘도
밤이
되고. 잠을 청해야할
시간이다. 내일이
와준다면 그건 축복
이지. 축복속에 잠
깨기로하고. 잠들자.

개울물에 발 담그고 앉아보셨지요?
상류에서 흘러내려오는 물 있고
하류로 흘러내려가는 물이 있습니다.
앉은 자리가 위아래를 가릅니다.
우리는 늘, 흘러가는 시간 속에 있습니다.
과거와 미래 사이 찰나의 이 순간을 살고 있습니다.
어제 살아온 결과로 오늘을 삽니다.
오늘을 지내고 나면 내일을 살게 됩니다.
과거에 폐를 끼쳤습니다.
오늘도 폐를 끼치고 삽니다.
고마운 은혜를 입기도 하고.
그렇게, 어제 오늘 내일……

어디서 떠나 흘러온
물이신가? 오늘은 🏯
발원 모르는 물에게
                     건수

신세를 지게 되었네.
아직 못하는 이들에게
폐를 끼치고, 아직 못할
이에게 돌려도 드리고.

늙은호박들 주욱 늘어놓으면
신구참 수행자들 나란히 앉아 있는
선방의 겨울 안거처럼 볼만합니다.
신심 돋는(?) 장면이지요.
그중에 하나쯤 죽비를 들고
수행 의욕을 북돋우는 역할을 자임한다면,
고마운 일이지요?
바르게 앉으라면 바르게 앉아야지요.
숙성되어서 단맛이 깊어지면,
호박죽이건 범벅이건 끓이고……

얻지나 말라고 밭에
들어주었더니,
호박
덩이
가
선방
입승
을제가
보겠단다 . 나도 철수
저처럼 앉으란다 .

소나무는 겨울에 들어선 뒤에 가지치기를 합니다.

성장을 쉬는 때, 솔가지를 잘라 땅에 내려놓으면 허망합니다.

어이없고 허무하다는 뜻이지요.

밝은 것을 좋아하는 극양수인 소나무는,

스스로 기른 새잎의 그늘에서

묵은 잎과 가지가 말라죽습니다.

가지치기도 그 원리를 따라

살릴 가지와 버릴 가지를 판단해서 잘라냅니다.

해고! 퇴출! 따위를 떠올리기도 합니다.

솔가지 좀
속았어.
방금전
까지도
운치를 뽐내던
존재였지.
소용없
는일이잖아?

끝났어요!
땔감이지
뭐!

천수

겨울 김장 하고 나면, 겨우내 대파를 화분에도 심고
비료 부대에도 심어둡니다.
시드는 파에 물을 주었더니, 동화작용 못하던 대파가
산발한 머리털처럼 자랐습니다.

화분에 심은 대파가
미친듯이
자라

어
지
럽
다.

물주지 말라는걸.....
자식도 물주지 말라고.
...

아줌마를 모욕했다고 하시지는 마세요.

못생긴 김장 무 같은 아저씨가 하는 이야기니까요.

배추 무 모두 밭에서 거두어 오고, 고추 파 모두 갖추었으니,

농촌의 겨울 김장은 언제나 넉넉합니다.

몸매만큼 마음도 넉넉한 사람들,

일손 없고 몸 무거운 분들 사는 댁에 김장 김치 몇 포기

실어 보내는 건 흔하게 있는 일입니다.

촌가村家의 상사常事. 시골 마을에서 흔한 일입니다.

그래서 시골집이 가까이할 만하다고 했을까요?

배추
포기
같으신
아주
머니,

하시는 김에   철수
배추 몇 포기 더
절이시지, 저집에
김치 다떨어졌대!

'개띠 해' 연하장입니다.

알아도 오고 몰라도 오고.

삶과 존재의 깊은 뜻을 헤아리지 못하고 살아도

시간이 가고, 해가 바뀌고.

물 흐르듯, 세월이 쉼없이 흘러간다는 이야기입니다.

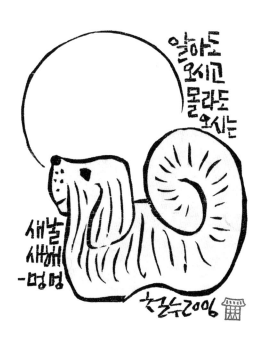

온기, 냉기, 향기, 악취, 아름다움, 추함……
모두 잠깐입니다.
김빠진 맥주와 사이다, 콜라, 향기 사라진 커피,
굳어버린 떡, 마른 빵……
멀고 가까운 차이가 있을 뿐, '식은 몸뚱이'가 되는 것도
누구나 맞게 될 머지않은 미래입니다.
곧 사라져버릴……

커피가 찻잔에서 잠시

2005
석정수

향기와
온기 함께 지닌다
곧 사라져버릴 유혹

눈 오는 날 누구에게 연락하시겠어요?
요즘 같으면 그런 문자 보내도 좋겠습니다.
—나오라고!
—차 한잔 하자고!

눈온신다고, 아이들이
얼마나 좋아 했을지
몰라. 눈싸움도 하고
눈사람도
만든다고
눈그면
나도
괜히
기분이좋아
지더라!
나올래? 눈보면서 우리
차 한잔 하자!

•철수

얼음 풀리는 경칩이면 개구리를 보게 됩니다.
삼월 삼짇날 제비를 보게 되는 것처럼
얼음이 풀리면 개울의 물소리도 시작됩니다.
빙판 아래서 물길을 내고 흐르는 물이 내는 소리지요.
흐르면서 물길을 넓히고 얼음을 녹입니다.
그렇게 얼음 다 풀리고 나야 개구리알도 보게 됩니다.
개구리알은 새 생명의 예고인 셈입니다.
거기서 개구리들이 태어날 테지요?
태어나면 울어대겠지요.
개굴! 개굴! 개굴!

얼음 풀린 늪에
—개구리 알 봐라!
—거기 벌써
좋은 소식!

—개굴! 개굴! 꿈

봄날, 아기 울음소리 같기도 한,
발정난 고양이들 울음소리가
뒤란을 소란스럽게 합니다.
봄밤이……
봄밤다워지는 거지요.

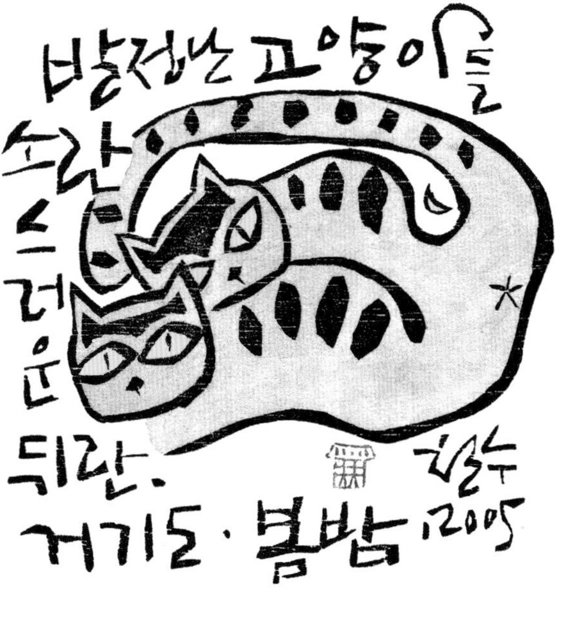
발정난 고양이들
소란스러운
뒤란.
거기도 · 봄밤 /2005

재래시장에서 가게 한 칸도 차지하지 못한 사람들이
좌판을 벌입니다.
리어카 행상 자동차 행상을 하기도 합니다.
시장통의 무주택자인 거지요.
외투인지 담요인지를 싸매고 앉아서 겨울 온종일
난전의 좌판을 지키는 할머니들을 보았습니다.
그런 날이면, '세상이 개똥이다!' 소리지르고 싶습니다.

시장통에 좌판
할머니. 하루 종일
앉았는 밖에 못 벌어도
좌판은
어김
없이
벌리고
거두고
벌리고 또 거두시고
그렇게 하루 또 하루.

철수

호미가 '아마존'에서 꽤 인기 있는 농기구가 되었습니다.
정원 관리에 쓸모가 있다는 게 알려진 덕분입니다.
호미 한 자루로 씨도 뿌리고 모종도 내고,
풀을 뽑고 땅을 긁어 김을 맵니다.
고구마와 감자 수확도 합니다.
만능의 도구가 아닐 수 없습니다.
호미질로 평생을 보낸 시골 아낙들,
호미처럼 굽은 등으로 노년을 삽니다.
슬프고 아름다운 삶입니다.

연세드신 시골마을
아낙들, 호미 한자루
들고 먼길가시지,
천리도 가끼

천수 🏛️

만리도
멀다치 않아요,
철들기전에 나서면
저물어 죽기까지 가셔

이제는 크게 사회적 관심을 끌지도 못하지만
노숙자들의 삶을 들여다본 적이 있습니다.
버려진 존재들을 이용해먹는 약탈자들이 주위에 있습니다.
마지막 피 한 방울까지 짜내겠다는 듯 집요하지요.
주민등록번호를 빌려서…… 통장을 만들고……
대출을 받아 가로채고……
동굴 같은 방 하나 없어서 길에서 사는 사람들을……

너희들 한테는
대합실
이지
만
...

천수

나한테는, 영호실
일지도 몰라. 오늘은
응접실이네!
한잔 받으실라우?

농촌을 떠난 사람들로 도시가 붐비게 된 지 오래되었습니다.
그 농촌이 이제 늙어가고 있습니다.
초고령 사회가 되어버린 농촌 마을은 '치매촌'이 되고 있습니다.
최근에는 은퇴한 사람들의 귀촌으로
멋을 내서 지은 집이 많아지고 있습니다.
유입 인구는 늘었지만 농촌이 젊어지지는 않는 거지요.
농업을 선택한 청년들의 귀농이 더 많아지기를 기대합니다.
농사가 '참 좋은' 일입니다.

늙으신 시골어른들
떠나시고,
종일
열리지
않는 문. 2005 경순
- 문기 소식걸이 ·

제 집에서 18년이나 살고 세상을 떠난 진돗개 이름이 '탄'입니다.
석가탄신일에 태어난 새끼가 다섯 마리여서
한 자씩 이름을 주었다고 합니다.
탄이는 세번째 태어난 녀석입니다.
출생지는 절이 아니라 수녀원입니다.
뜻밖이지요?
그래 그런지 개가 성품이 의젓해서 칭찬을 들었습니다.
조용히 참선하듯 미동도 않고 먼산을 바라보는 개로 살았습니다.
살다 늙어 조용히 죽었습니다.
저기 단풍나무 아래 묻어주었습니다.

우리집에
나이든
진돗개
한마리
'탄!'

빈집
지키는
날이면
사랑수좌같듯
묵묵 부동으로
먼산바라 보고 있지

철수

다섯 동그라미는 '참 잘했어요!'입니다.
'최우수!'입니다.
살면서 끊임없이 칭찬을 바라는 사람들이 있습니다.
어린 시절의 점수를 들고 평생 대우받으며 살겠다는
용렬한 사람들도 있습니다.
일종의 정신지체입니다.
칭찬에 마음을 빼앗기는 일도 어리석기 마찬가지.

어려서는
동그라미 다섯개
맞으면
세상,
다 얻는
듯 했는데, 동심원
이 이제, 어지러운
인생 같으이. 천수

허영이 신분재나 사치재에만 작동하는 것이 아닌 건 아시지요?
이제 음식 허영도 여간 아닙니다.
고명이 정성스럽게 올라 있는 음식을 나무라는 것 아닙니다.
때로 정성 어린 음식을 넉넉하게 차리고 싶은 자리도 있습니다.
허영은 위가 커서 늘 허기집니다. 당연하지요?
허영의 뿌리가, 마음이 허전하고 허황해진 데 있는걸요!
꾸밈이 과한 음식인데 정작 먹잘 것 없는 비싼 밥상이 있습니다.
자리를 파하고 돌아와 라면 하나 끓인 기억이
누구에게나 있을 겁니다.
시장통 음식이 매력 있습니다.
낯선 동네 시장통! 최고지요.

쟁바닥 난전그
국수에도 배가
부르고
궁중
한식에도
배는 부르지. 뒷간
에서는 똥·알사직!

20
·5
철수

평생 설사!

좀 과장하면 그렇게 늘 무른 똥을 누고 사는 사람도 있습니다.

찬 음식을 먹고 나면 증세가 더 심해져서

음식도 조심해야 하는 사람들입니다.

건강한 똥은 황금색으로 부드럽고 탄력 있습니다.

길에서 보는 개똥이 건강한 똥의 견본입니다.

개뿐만 아니고 야생의 동물이 대개 그렇지 싶습니다.

똥을 싸고 나서 똥구멍을 닦는 법이 없습니다.

똥끝이 깨끗하게 떨어져서 뒤가 더럽지 않기 때문이지요.

똥끝도 마음 끝도 모두 깔끔해야 건강한 사람입니다.

건강한
똥을, 똑 풍긴다.
제주인의
뒤를
더럽히지 않고,
몸밖으로 나가지

어디 여유로운 휴가를 가거나, 여행을 떠나는 일조차 없이
내내 살았습니다.
외국은 전시를 위해서나 교류 사업차 다닐 뿐이었습니다.
시간에 쫓기고 약속이 많은 출장 같은 여행이었지요.
젊어서는 수없이 드나드는 손님들 밥해 먹이고,
나이들어서는 농사에 남편 수발에 아내가 힘들었습니다.
자신을 위한 시간이 너무 없었습니다.
열심히 살았지만, 자신을 위해 쌓아놓은 것이 없어 허전했을까?
'옆도 안 보고'라는 아내 말이 마음에 걸립니다.
그래도 그게 좋았던 거지요?

아내가 그런다
우리는
너무
잎도

결수 안보고
살았나보다고
그도, 좋지 않아?

눈앞에 있는 온갖 것들을 보이는 대로 믿어도 좋을지
알기 어렵습니다.
우리 모두 물거품처럼 나고 스러지는 존재들입니다.
곧 꺼질 물거품의 삶을 지금 살고 있습니다.
너무 심한 감정의 기복은, 피할 수만 있다면
피하고 살아야 합니다.
존재가 때로 늪 같고 뻘밭 같습니다.
내가, 남에게는 남인 것 다들 아시잖습니까?
그러니 조용한 눈으로, 물끄러미!
꿈인 듯 세상을 바라보면서……

넌들무슨 수가있나
매일처럼. 나를
물끄러미 바라보고.
아내도
물끄러미
바라보고.
이승도.
물끄
러미
바라볼따름. 창수

편지 쓰는 일이 드물어져서 우체통에 편지를 넣을 일도 없습니다.

시골 우체국 앞에 서 있는 우체통이 배고픈 듯 보이던

어느 날입니다.

예전에는 마을 구판장 담장에도 우체통이 걸려 있었는데……

메일도 한물가고, SNS라나, 다 열거하기 어려운

새로운 '문자 소통'과 '영상 소통'이 넘쳐납니다.

적응이 어려워서…… 마음에도 노을이 집니다.

두루 평안하신지요?

오래 소식 전하지 못했습니다.

우체통이
허기져보이는날
늙은
향
나무
아래서. 정수
적선하듯
엽서한장
띄우고, 해지고

진수성찬도 소화기관을 통과해서 직장에 이르면
냄새 고약한 물건일 뿐입니다.
고기 먹으면 똥냄새 더 더럽지요?
그러니, 진수성찬이 일장춘몽입니다.
별것 없습니다. 꿈 깨야 합니다.
여기서는 배가 터지고 저기서는 굶습니다.
그런데 '진수성찬'이라니요?
'맛집 순례' '맛 기행' 따위 경멸당해 마땅해 보이지만
창궐하고 있습니다.
유튜브를 켜도 '먹방'이 상위 순위를 석권하고 있지요?
맛있는 꿈에서 깨어나기가 쉽지 않습니다.

긴수염차는 배별위로
고명처럼 내려오는
휴지한장!

역경을 순경인 듯 받아들이라는 말씀입니다.

달리 말한다면 제 운명을 사랑하라는 말이지요.

그게 순리라고 말하고 싶었겠지요?

그럴듯합니다.

신호등이야 정직하지요.

고장나기 전에는 멈추고 기다리고 가고가 명백합니다.

과속, 역주행, 신호위반, 모두 안 될 일입니다.

사고는 무서운 일이라……

아스팔트 법문에

이르시기를, 🏛 철수
갈때가고,
설때서라!
역경을 거스르지
말고! 사고 난다!

크고 호사스러운 집이 짐이라는 걸

나이들면 조금 더 알게 됩니다.

그래서 큰 집을 부러워하지 않습니다.

큰 것, 사치스러운 것, 과시적인 것, 모두 내면의 반영입니다.

마음이 허해지면 그 빈자리를 채우는 일은 한정이 없습니다.

'밑 빠진 독'입니다.

못 채웁니다.

하물며 '물질'이라니요?

물질로 마음을 어찌 채우나요?

하늘을 흙으로 채우는 것처럼 가망 없는 일입니다.

허영이 찾아오거든, 지갑보다 마음 먼저 돌아보시기를……

큰집에는 빈방이 많아.
사람 사는 방...

침대가
2005
철수

지내는방. TV가사는
방. 골동이 숨는방. 책.
변기. 욕조가 사는방...
빈방끝에서. 주인 늘
적적하시고.

사는 게 사는 게 아니라는 말이 있지요?

죽지 못해 산다는 말인가요?

사는 게 '사는' 거라는 말도 하고 싶습니다.

살아가는 일이 상품을 '사는' 일의 연속이라는 말입니다.

요즘은 상조회사가 있어서

마지막 가는 길에도 사라는 물건이 많습니다.

면죄부와 천국행 티켓은 동서고금의 종교를 관통하는

판매상품입니다.

저승 가는 길에 노잣돈도 넣어주지요? 교통비요!

저승길도 빈손으로는 어렵습니다.

사고 팔고, 팔고 팔리면서 한세상입니다.

예전부터 그래왔습니다.

역사가 유구합니다.

우리 죽어서 저승에
갈 때도, 이런 길로
가게 되지
않을까? 뭐
든 사라고
하지
않으면
서운할도
것 같
은데!

마트

철
수

나이 먹었는데, 주름살이 없습니다.

주름이 없으니 표정도 없습니다.

표정으로 연기를 해야 할 배우조차

주름 없는 미모를 선택합니다.

무슨 배짱이지요?

순리를 거스르는 일입니다.

돈깨나 있는 사람들도, 유행처럼 주름 제거에 보톡스에……

제 본얼굴 대신 마스크를 쓰고 살기를 좋아합니다.

표정이 읽히지 않는 가면 뒤에 숨어서 세상을 보고 싶은 걸까요?

그렇게 세상과 관계하고 싶은 걸까요?

모를 일입니다.

늙아가니 좋구나
때문어
다시 🏯
때
물리가
걱정 할것 없지.
닳을것 닳아, 조심
할 모서리도 없고.

사는 것, 시간이 흐르는 일입니다.
드나드는 파도에 씻겨 닳고 하얗게 빛바래는 조개껍질처럼,
시간은 존재를 닳게 합니다.
그런 줄 알고 살자는 말씀입니다.
달이 가고 시간이 흐르면 젊음도 가고
기운도 쇠하는 게 인생입니다.
인생의 여정을 실감 있게 알아야 합니다.
그래야 시간에 조바심하고 젊음에 집착하는
어리석은 짓을 피할 수 있습니다.

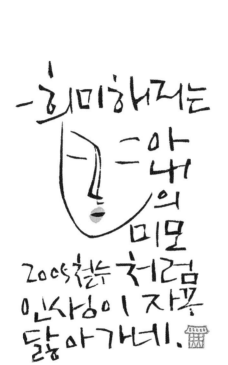

- 희미해지는

二야
나
의
미모
2009년수처럼
인상이자꾸
닮아가네.

작가의 말

기후 위기와 코로나19라는 감염병의 창궐로 온 세계가 힘겹습니다.

그 이전에도 빈곤과 차별의 고통으로 신음하는 세상이었습니다.

그러니 오늘의 이 상황은 엎친 데 덮친 것입니다.

무엇보다 자유롭게 오가고 만나 이야기를 나누던 일상이 어렵게
되었습니다.

대신, '비대면'이라는 기이한 현실을 살게 되었습니다.

상상 못했던 이 사태가 낯설고 당혹스럽습니다.

내일은 또 어떨까요?

짐작하기는 그리 어렵지 않습니다.

위기는 계속되고 빈곤과 차별의 고통은 더 커질 겁니다.

인간관계는 더 비정해지겠지요?

그래서 걱정입니다.

이 와중에 작은 책을 내게 되었습니다.

문학동네 사람들 덕분입니다.

생각나는 대로 그리고 새긴 소품 판화를 모았습니다.

오래 빛을 보지 못하던 소품을 꺼내 보니, 솔직한 표정이 드러난 제 얼굴을 보는 것 같았습니다.

저는 누구나 쉽게 이해할 수 있는 작품을 만들고 싶어했습니다.

애를 썼지만 그게 쉽지 않았는데, 쉽게 만든 이 판화들이 그 약속을 지키고 있구나 싶었습니다.

욕심 없이 사는 일처럼, 욕심 없이 그리는 일도 쉽지 않습니다.

이 소품에서 그게 가능했다면, 별것 아니라고 방심한 덕분일 겁니다.

오래된 소품을 꺼내 보면서, 과거의 내가 지금의 내게 이야기를 건네는 것을 알았습니다.

그림이 여러분에게도 이야기를 건네게 될 텐데, 어떤 대화가 될지 궁금합니다.

성공적인 소통이 되면 기쁘겠습니다만……

편하게 그려서 어려울 것 하나도 없는 소소한 그림들입니다.
여러모로 헐겁고 허술하기도 합니다.
그러니 보실 때도 편하게 보십시오.

어려운 시절입니다.
늘 평안하시길 빕니다.

2020년 초가을에

이철수 드림

이철수 작은 판화
내일이 와준다면 그건 축복이지!
ⓒ 이철수 2020

1판 1쇄   2020년 10월 8일
1판 5쇄   2024년 1월 26일

지은이 이철수
책임편집 정은진 | 편집 이상술
디자인 신선아
저작권 박지영 형소진 최은진 서연주 오서영
마케팅 정민호 서지화 한민아 이민경 안남영 왕지경 황승현 김혜원 김하연 김예진
브랜딩 함유지 함근아 고보미 박민재 김희숙 박다솔 조다현 정승민 배진성
제작 강신은 김동욱 이순호 | 제작처 상지사

펴낸곳 (주)문학동네 | 펴낸이 김소영
출판등록 1993년 10월 22일 제406-2003-000045호
주소 10881 경기도 파주시 회동길 210
전자우편 editor@munhak.com | 대표전화 031) 955-8888 | 팩스 031) 955-8855
문의전화 031) 955-2696(마케팅) 031) 955-1906(편집)
문학동네카페 http://cafe.naver.com/mhdn
트위터 @munhakdongne | 인스타그램 @munhakdongne
북클럽문학동네 http://bookclubmunhak.com

ISBN   978-89-546-7500-0 03810

www.munhak.com